# 賴床鬼的故事

林加春 著

# 目次

# 1. 再也不要被找到

迷濛睡夢中，不知道誰來掀棉被，阿杏抓緊緊，閉著眼睛翻個身，又睡。

好像聽到媽媽說話：「起來了……」

阿杏踢踢腳，拉起被子蒙住頭，不要聽。

「喂，阿杏，起來，我不等妳喔。」

是姊姊，阿杏沒回應，繼續睡。

接下來安安靜靜很久，阿杏舒服地睡著。

迷糊中，有人抓過她的棉被，硬擠上她的床，把阿杏的身體推到一邊，甚至，阿杏的枕頭也被拉走，喔，阿杏的頭碰到

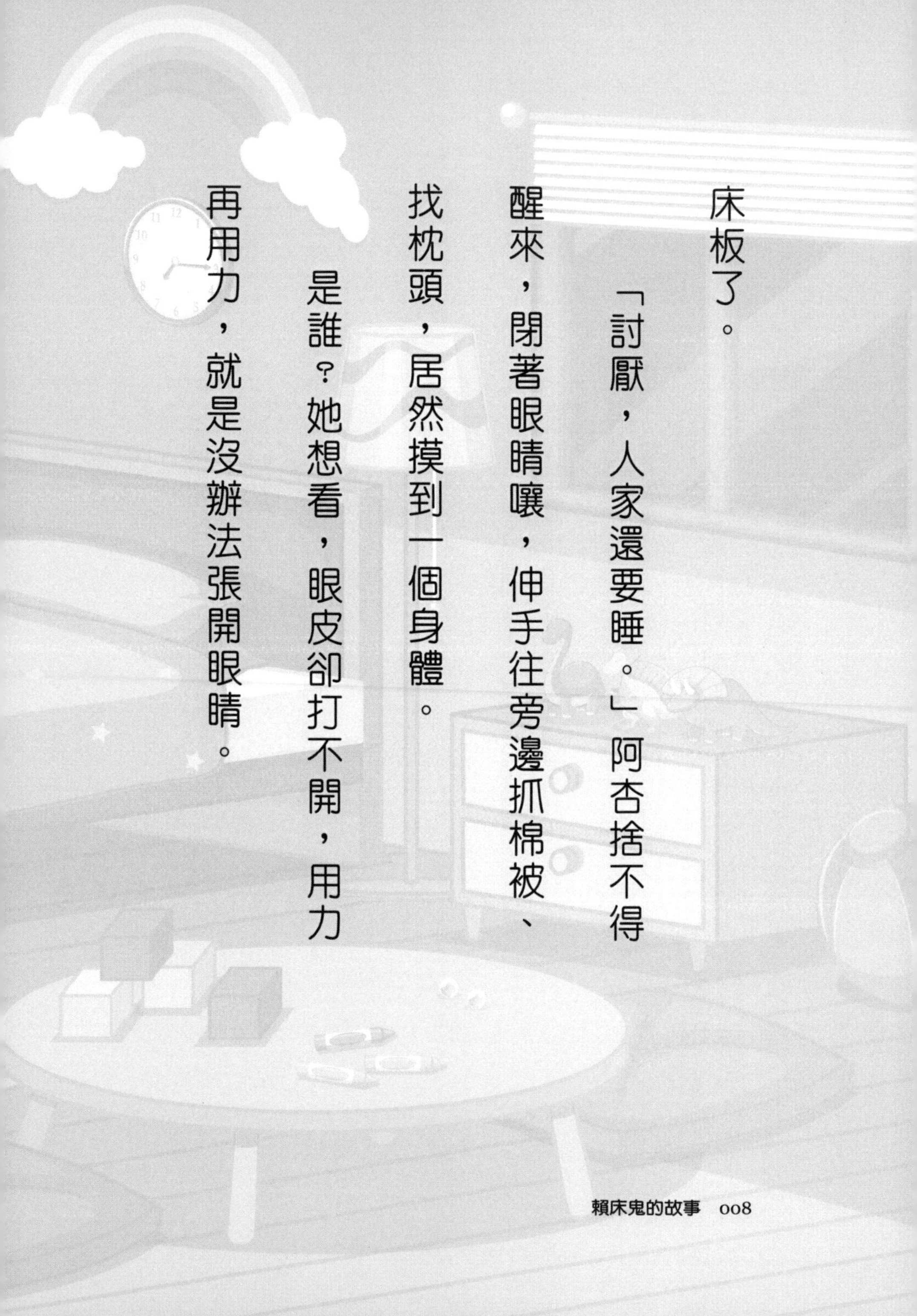

床板了。

「討厭，人家還要睡。」阿杏捨不得醒來，閉著眼睛嚷，伸手往旁邊抓棉被、找枕頭，居然摸到一個身體。

是誰？她想看，眼皮卻打不開，用力再用力，就是沒辦法張開眼睛。

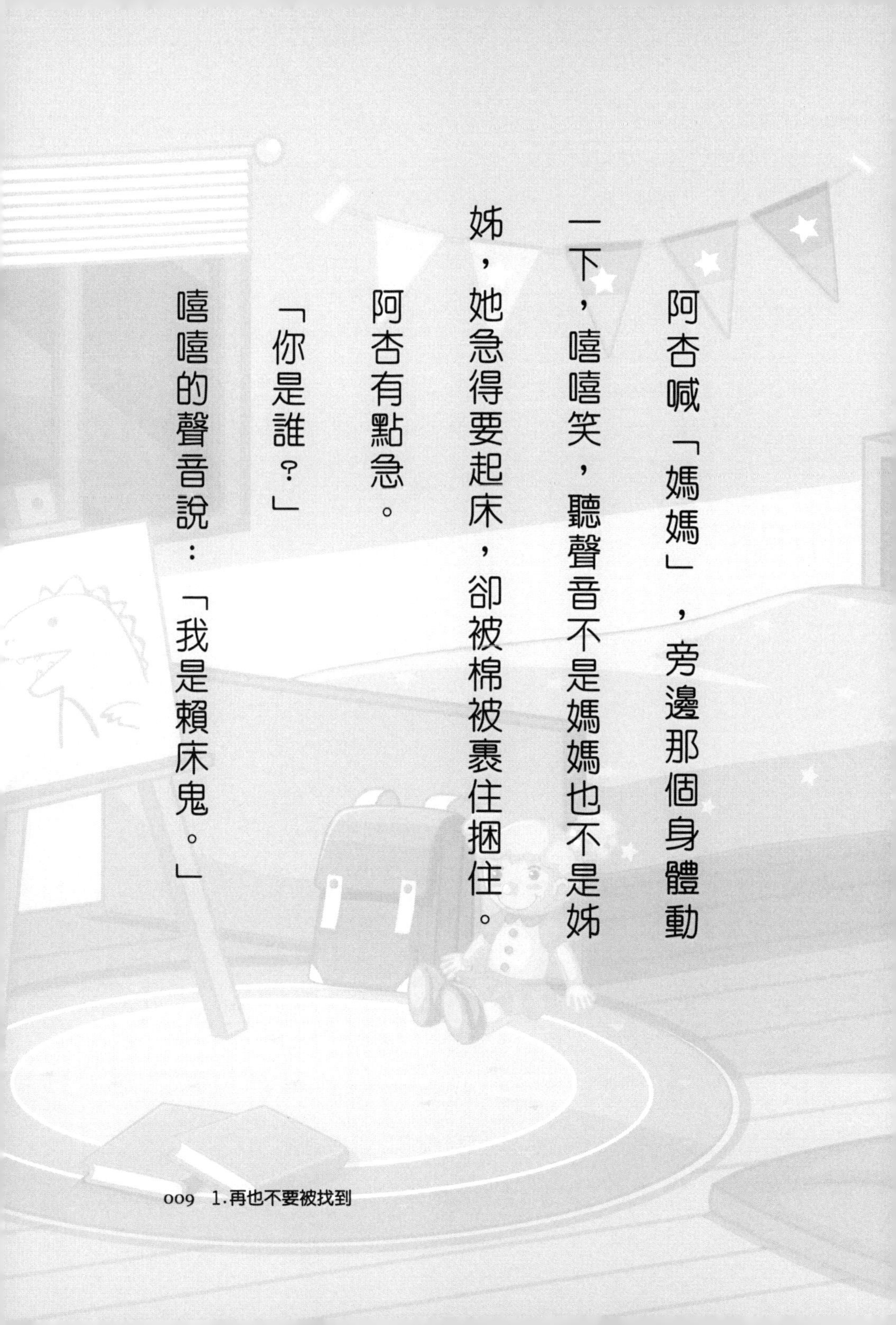

阿杏喊「媽媽」，旁邊那個身體動一下，嘻嘻笑，聽聲音不是媽媽也不是姊姊，她急得要起床，卻被棉被裹住捆住。

阿杏有點急。

「你是誰？」

嘻嘻的聲音說：「我是賴床鬼。」

賴床鬼是什麼？

「騙人，只有賴皮鬼，你亂說。」

阿杏掙扎著要推開棉被，張口大叫：

「媽……」，枕頭隨即蒙上臉，她的叫聲被壓住了。

「我就是賴皮鬼的女兒。」

賴皮鬼的女兒？

阿杏停下踢打，伸手去摸：「讓我看看你長什麼樣子。」

「不給看，除非你答應做我妹妹。」

「不要。」

阿杏伸手去掰眼皮，怎麼弄就是打不

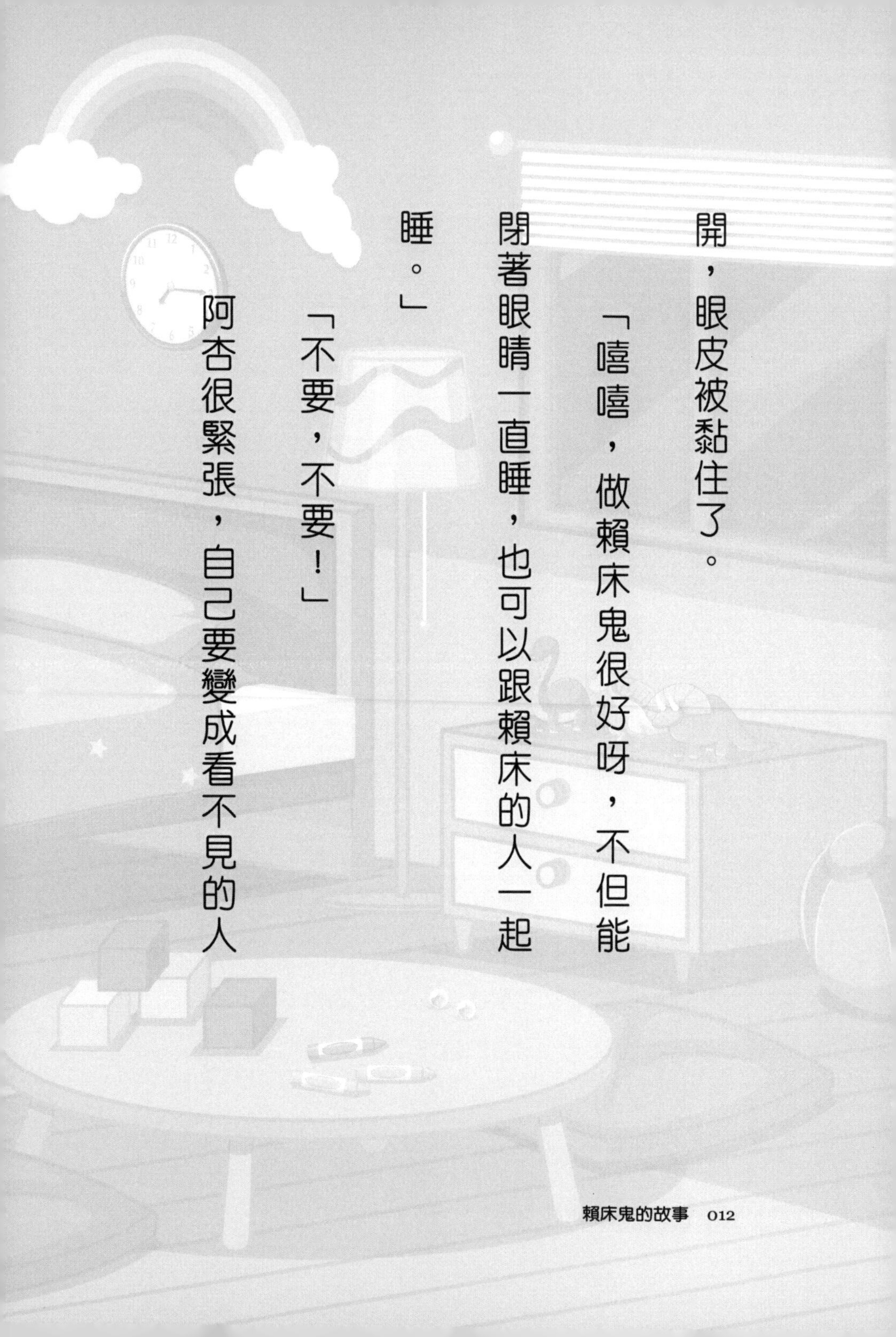

開，眼皮被黏住了。

「嘻嘻，做賴床鬼很好呀，不但能閉著眼睛一直睡，也可以跟賴床的人一起睡。」

「不要，不要！」

阿杏很緊張，自己要變成看不見的人

了嗎？

「你怎麼找上我？」

很多人都會賴床，為什麼沒聽過「賴床鬼」這種……「東西」？

「嘻嘻，我會聽也會聞，妳有起床氣，一定是嚴重的賴床，我就喜歡找這種人。」

阿杏還來不及想自己有哪些起床氣，賴床鬼已經把她連人帶棉被抱住：

「走吧，賴床鬼妹妹。」

「去哪裡？」阿杏緊張害怕了：

「放開我！」

「起來！」聲音很兇，阿杏全身抖一下，眼皮眨眨，猛然睜開來。

「妳要遲到了！」

啊，是媽媽，雙手插腰、眼睛狠狠瞪著。

阿杏一下子哭了：「媽媽，妳怎麼不

早點來？」

「叫妳好幾遍，姊姊也來叫。她都已經去上學了，只有妳，賴床還發脾氣。哭也沒用，誰叫妳要賴床……」媽媽劈哩啪啦數落一大堆。

阿杏抱緊媽媽抽噎：「剛才有賴床

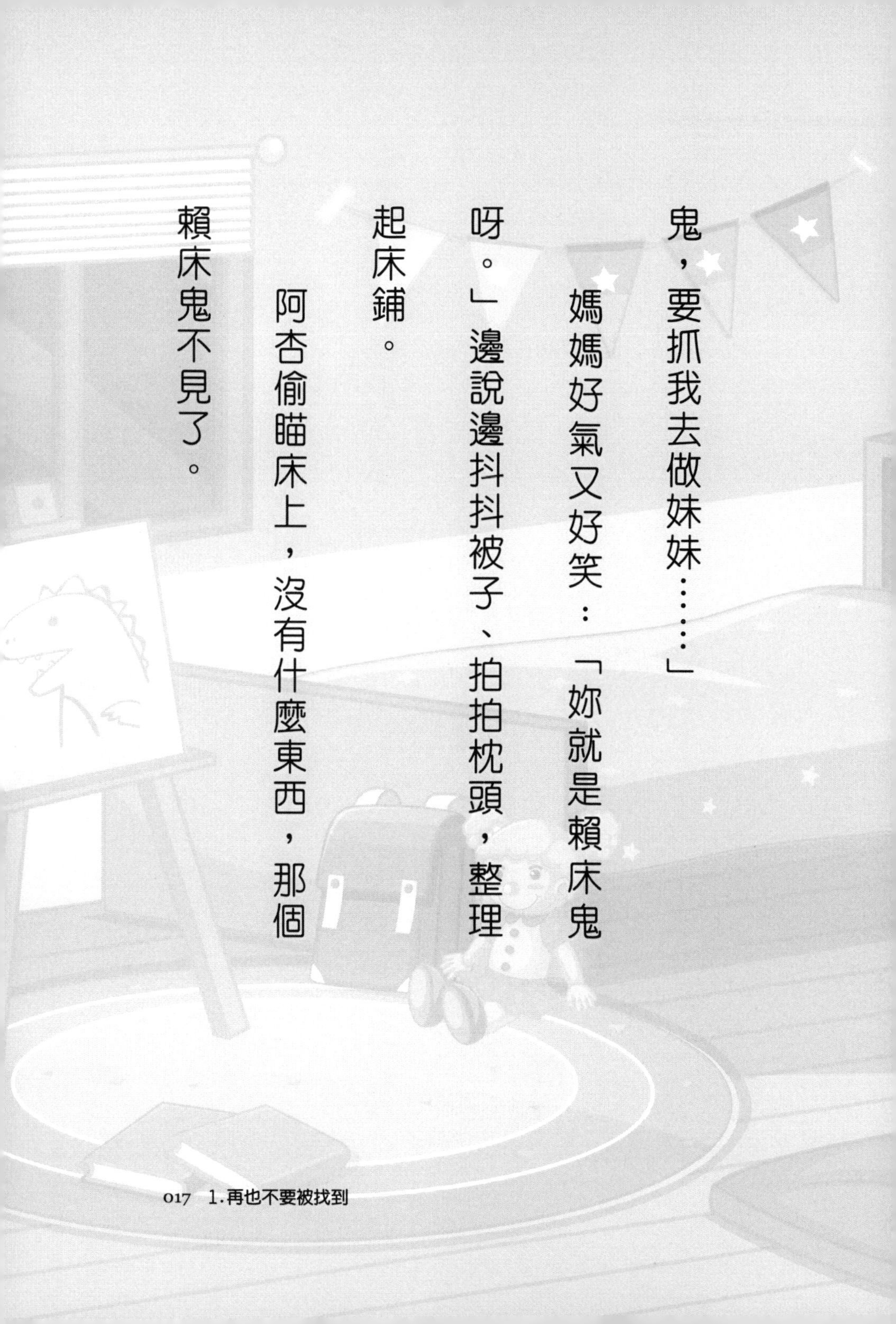

鬼，要抓我去做妹妹……」

媽媽好氣又好笑：「妳就是賴床鬼呀。」邊說邊抖抖被子、拍拍枕頭，整理起床鋪。

阿杏偷瞄床上，沒有什麼東西，那個賴床鬼不見了。

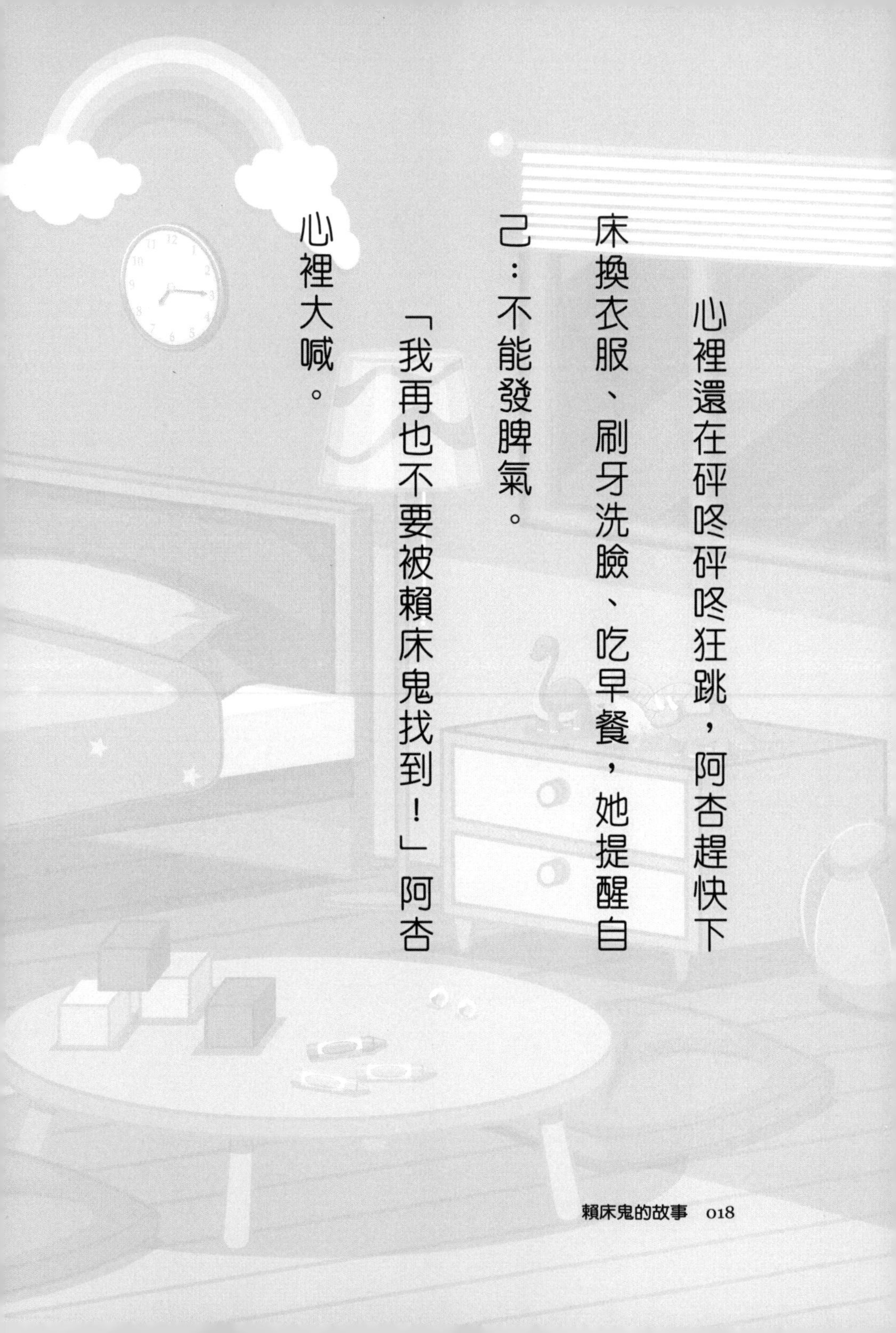

心裡還在砰咚砰咚狂跳，阿杏趕快下床換衣服、刷牙洗臉、吃早餐，她提醒自己：不能發脾氣。

「我再也不要被賴床鬼找到！」阿杏心裡大喊。

# 2. 有誰不會賴床

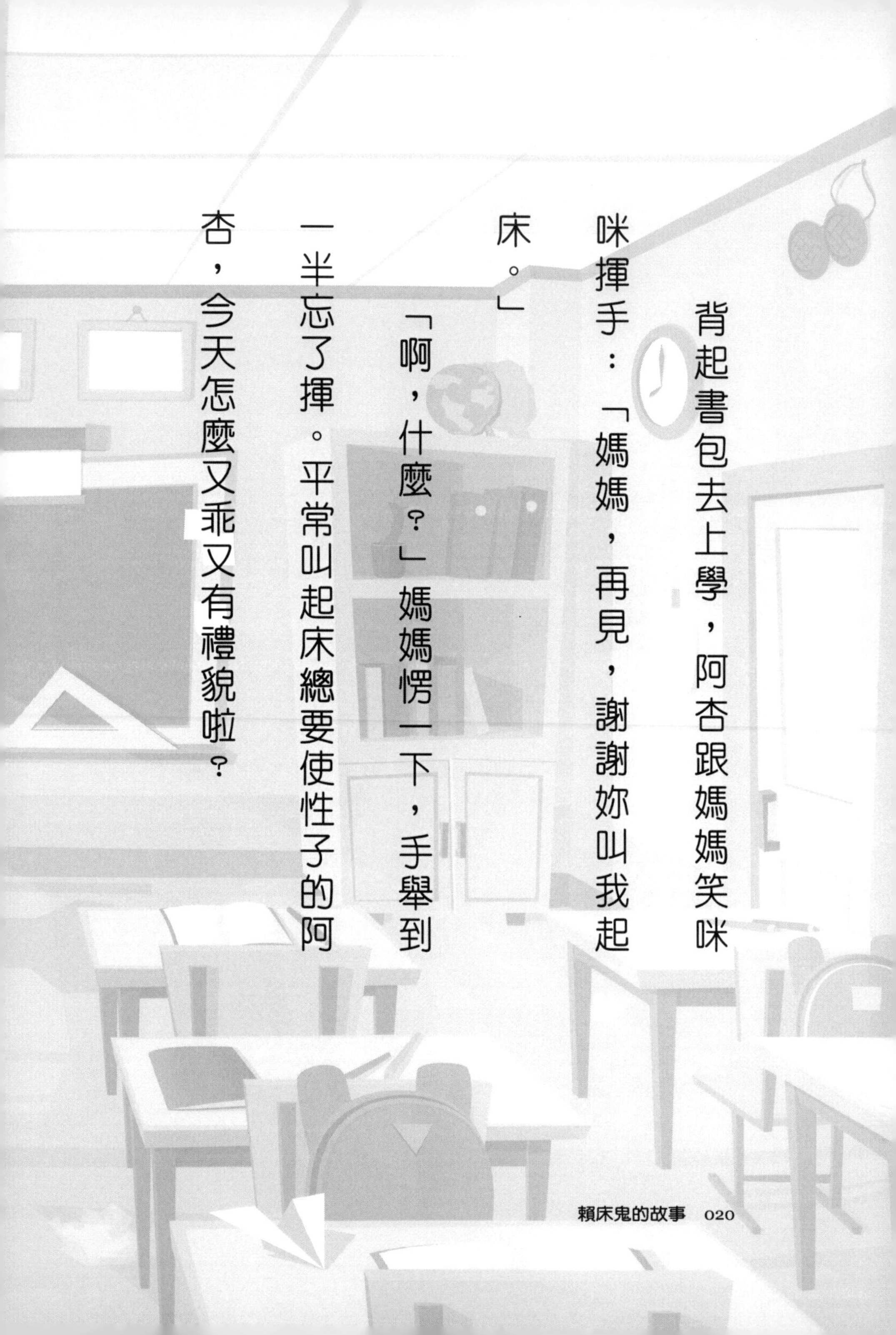

背起書包去上學，阿杏跟媽媽笑咪咪揮手：「媽媽，再見，謝謝妳叫我起床。」

「啊，什麼？」媽媽愣一下，手舉到一半忘了揮。平常叫起床總要使性子的阿杏，今天怎麼又乖又有禮貌啦？

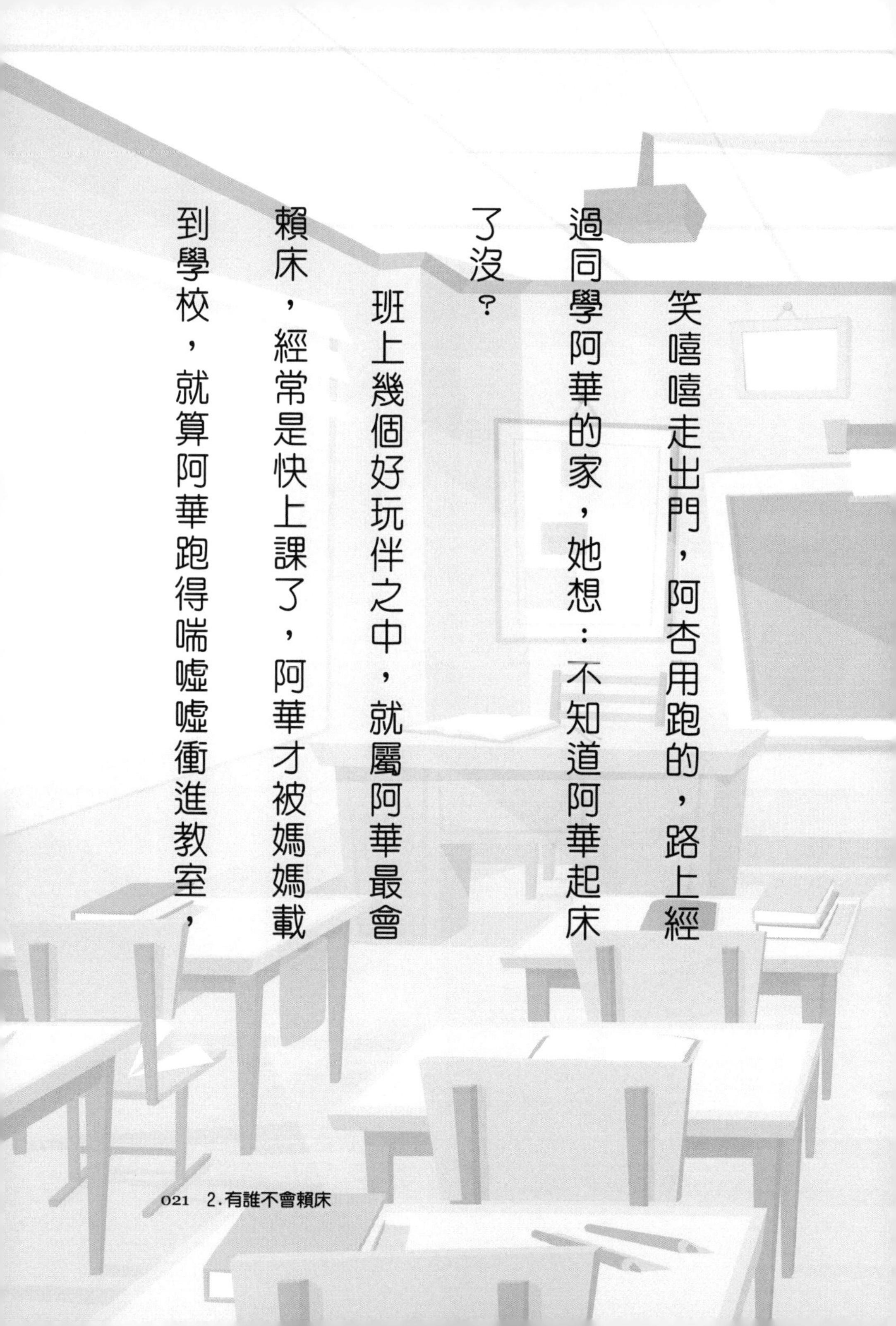

笑嘻嘻走出門，阿杏用跑的，路上經過同學阿華的家，她想：不知道阿華起床了沒？

班上幾個好玩伴之中，就屬阿華最會賴床，經常是快上課了，阿華才被媽媽載到學校，就算阿華跑得喘噓噓衝進教室，多半來不及向老師敬禮。

「遲到，記一個×。」每當老師這樣說，全班就會笑哈哈。

想到這裡，阿杏加快速度，怕遲到被同學笑。進了教室，竟然看見阿華在位子上摺紙飛機。

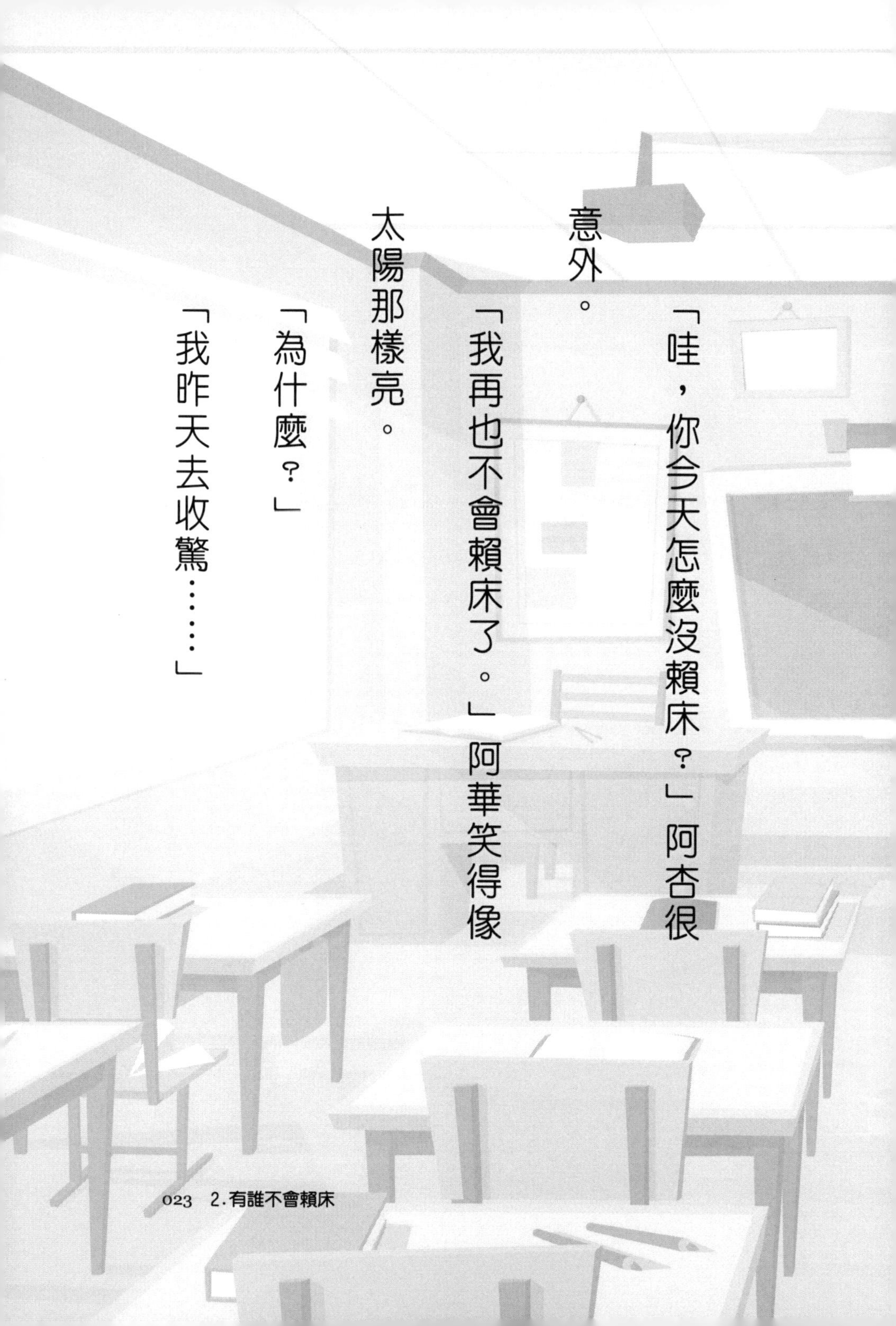

「哇，你今天怎麼沒賴床？」阿杏很意外。

「我再也不會賴床了。」阿華笑得像太陽那樣亮。

「為什麼？」

「我昨天去收驚……」

還沒說完，老師進教室了，發現阿國位子空著，搖搖頭說：「又遲到。」這是另一個愛賴床的男生。

老師嘆口氣：「我也會賴床，要離開柔軟舒服的被窩真的很困難。」

「嗄？」大家叫起來，老師也會

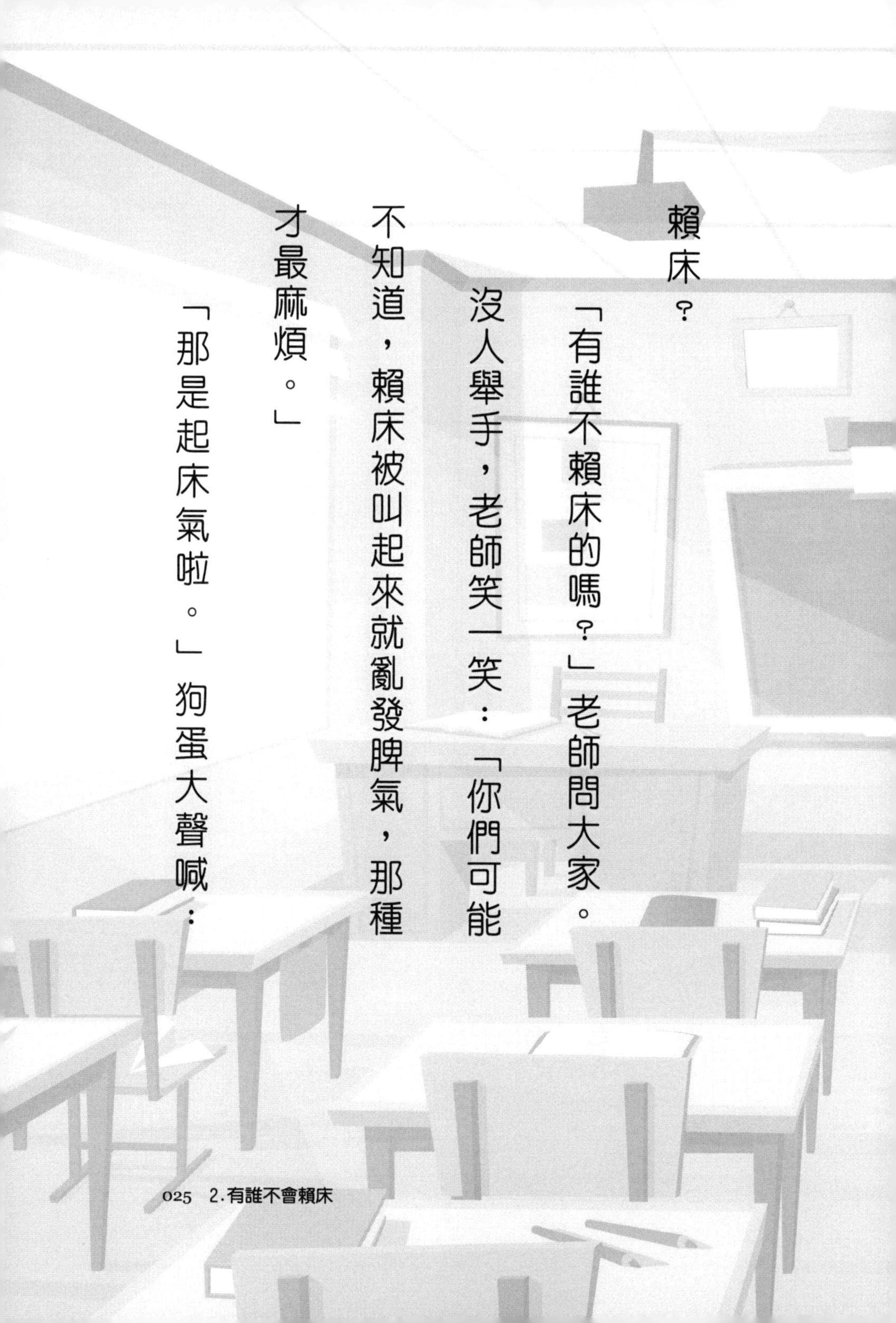

賴床？

「有誰不賴床的嗎？」老師問大家。

沒人舉手，老師笑一笑：「你們可能不知道，賴床被叫起來就亂發脾氣，那種才最麻煩。」

「那是起床氣啦。」狗蛋大聲喊：

「我弟弟最會。叫他起床就踢床板、跺腳、摔拖鞋、丟枕頭，氣呼呼瞪人。我把拔說那樣很要不得，很討厭。」狗蛋配上動作表演，同學看得好好笑。

阿杏嚇一跳，狗蛋學得真像，「我就是那樣子。」她第一次弄懂，原來起床氣說的是這種。

「老師，不是啦，是一種鬼讓我們賴床發脾氣。」阿華跳起來：「收驚婆說，是賴床鬼讓我賴床叫不醒，要趕走才好。」

收驚婆也知道賴床鬼？阿杏又嚇

一跳。

同學一聽到「鬼」立刻哇啦哇啦，七嘴八舌問老師：「真的嗎？是嗎？」

老師笑得很可愛：「我不認識那個鬼欸，不過，我小時候被媽媽叫做賴床鬼；但是我被叫起來不會發脾氣，是我媽媽會生氣。」

「啊你的媽媽有起床氣……」

全班笑得東倒西歪，阿杏不敢笑，她想到早上，是媽媽發大脾氣才幫她趕走賴床鬼。

頭一次，阿杏決定不要再賴床發脾

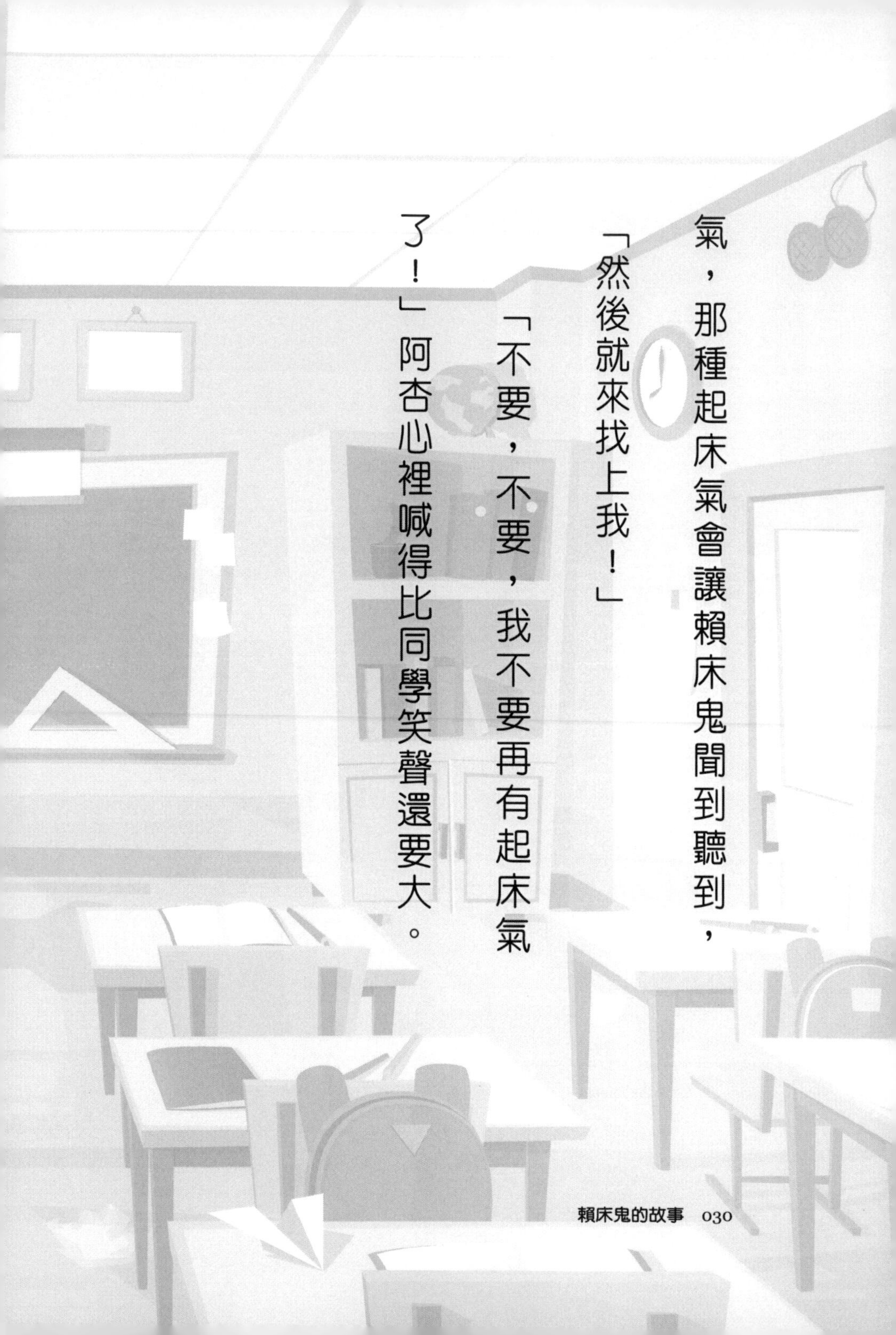

氣，那種起床氣會讓賴床鬼聞到聽到，

「然後就來找上我！」

「不要，不要，我不要再有起床氣了！」阿杏心裡喊得比同學笑聲還要大。

# 3. 認識賴床鬼

阿杏去學校圖書館看書，找到一本繪本：《我愛睡覺，嘻嘻》，這書名太好玩了。

打開書本第一頁，圖畫竟然是一個小女生抓住棉被發抖，這不就是早上她和賴床鬼碰面的樣子嗎？

書上這麼寫：

聽說，賴床鬼總是閉著眼睛，只用耳朵聽聲音，用鼻子聞味道。

「睡覺當然是閉著眼才舒服。」賴床鬼哼著「嘻嘻」的聲音說。

這個鬼厲害的地方是，聞得出人想睡覺的味道。

「那種味道很特別，有點口水臭，有點眼淚濕，還有一點點做夢才會有的香。」賴床鬼「嘻嘻」的說。

聽說，賴床鬼更特別的一招，是能聽到人想繼續睡的訊息。

「不完全是嘴巴說的話，我主要是聽身體的旋律。」賴床鬼說得很專業。

「那裡頭有鼻子呼吸的節奏，

還有眼皮滾動的拍子，另外就是胸口心裡，那睡覺才會有的韻律。」

嘻嘻又嘻嘻，聽起來賴床鬼像在跳舞，很快樂。

「當然啦，睡覺多快樂呀。」

賴床鬼神祕「嘻嘻」的小聲

說：「最快樂的就是，吃飽飽再繼續找個人一起睡。」

看到這裡，阿杏很緊張，呼吸也不順暢了。

吃飽飽？是吃什麼？這個鬼……會吃人嗎？她趕快翻頁看下去。

「我吃起床氣，脾氣越大越好吃。普通那種嘟嘴擺臭臉、裝聾作啞不理會的鬧脾氣，只能算家常小菜，不夠看，若是哭鬧叫喊加上拳打腳踢，那就像大餐料理，我最愛了。」

誰會鬧這麼大的脾氣？一定是被寵壞了的小孩，再說，起床氣怎麼吃？用錄音、照相，直接上傳到肚子裡嗎？

阿杏忍不住對著書本開口提問，想不到書裡有聲音回答她：

「嘻嘻，這不能說，祕密。」

「那麼，沒有起床氣，賴床鬼就會餓死，世界上就不會有這個鬼了，對嗎？」阿杏追著問。

「錯，錯，錯。」賴床鬼嘻得很大聲：「大錯特錯。」

「搞清楚，世界上賴床的人一

大堆，總會有大大小小的起床氣，我吃完這個吃那個，怎麼可能會餓到？」

「大人小孩，男的女的，動物植物，只要想睡覺不醒來，我就會看上他、她、牠、它，懂了嗎？」

「不對，沒聽說過樹也會賴床呀。」阿杏順口就接下話。

「嘻嘻，樹如果一直沒長新葉冒新芽，沒開花結果，什麼都沒有，一直站在那裡，它就是在睡覺賴床，我就抱著它睡，有時候睡到我也變成一棵樹。」

越看越糊塗，難道是賴床鬼讓人會賴床，會鬧起床氣嗎？

阿杏歪歪頭，腦子浮起問號，自言自語：「只要趕走賴床鬼，我們就不會賴床了，沒錯，一定是這樣。」

「別這樣。別趕我，睡覺很好哇，有我陪著一起睡，肯定睡得很舒服很過癮。」賴床鬼小聲地「嘻嘻」。

現在，有一點阿杏很肯定，那就是即便賴床了，只要我們醒來能夠笑嘻嘻，不鬧起床氣，賴床鬼就不會找上門。

「還有一點，如果想跟賴床鬼做朋友，只要喊『我愛睡覺，嘻嘻』就行啦。」賴床鬼在訪問結束前開心的說。

書的最後一頁這樣寫，圖片裡，柔軟

粉紅棉被變成個大大、哈哈笑的嘴。

阿杏闔上書本，心裡還有個疑問：「會有人想跟賴床鬼做朋友嗎？」

# 4. 空の氣！

繪本裡面寫了很多賴床鬼的事情，可是完全沒有畫出賴床鬼的長相，這很奇怪。

一說到賴床鬼，不管賴不賴床，大家都好奇，這個鬼究竟長什麼樣子呢？

「鬼一定很醜八怪。」「沒眼睛

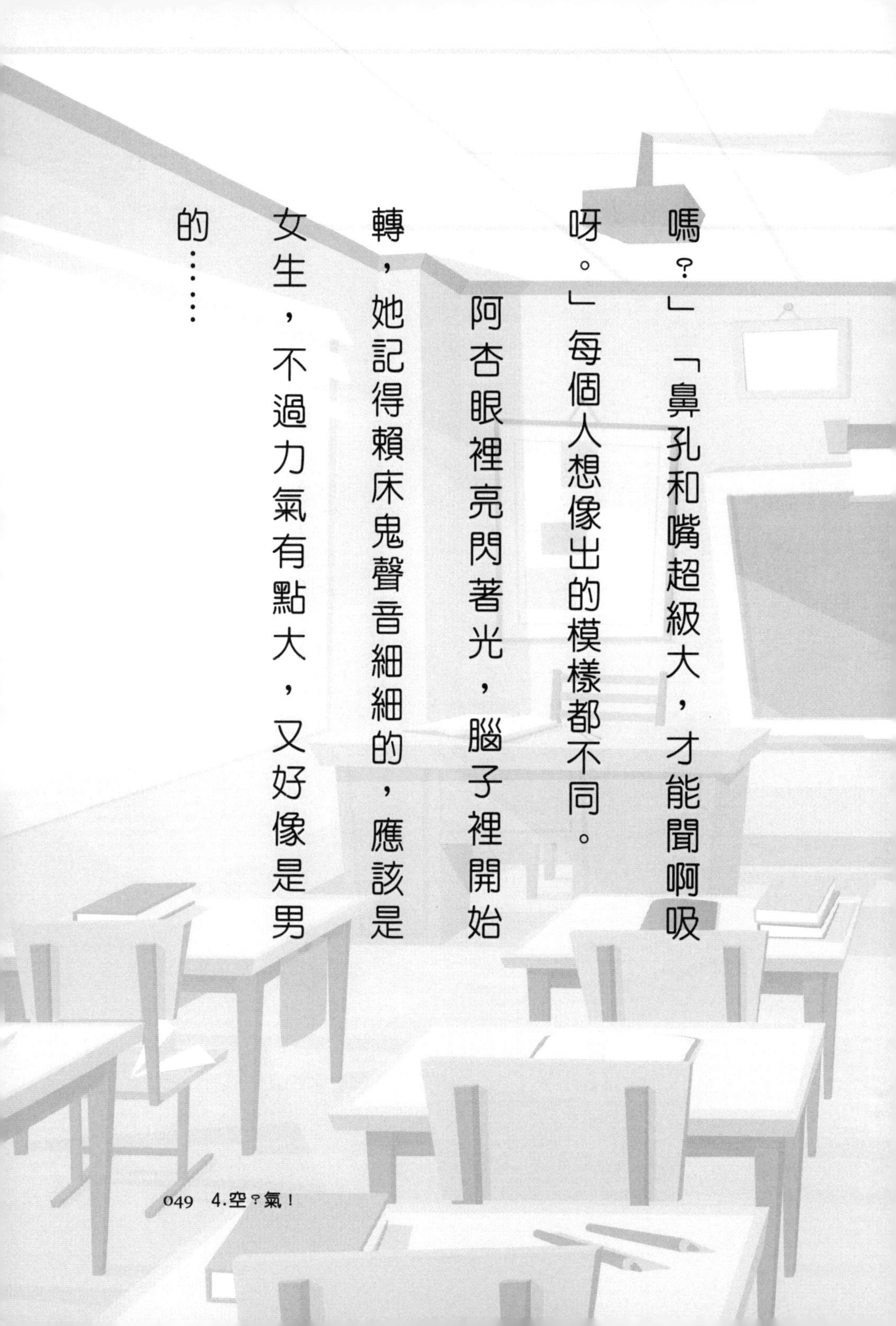

嗎？」「鼻孔和嘴超級大，才能聞啊吸呀。」每個人想像出的模樣都不同。

阿杏眼裡亮閃著光，腦子裡開始轉，她記得賴床鬼聲音細細的，應該是女生，不過力氣有點大，又好像是男的……

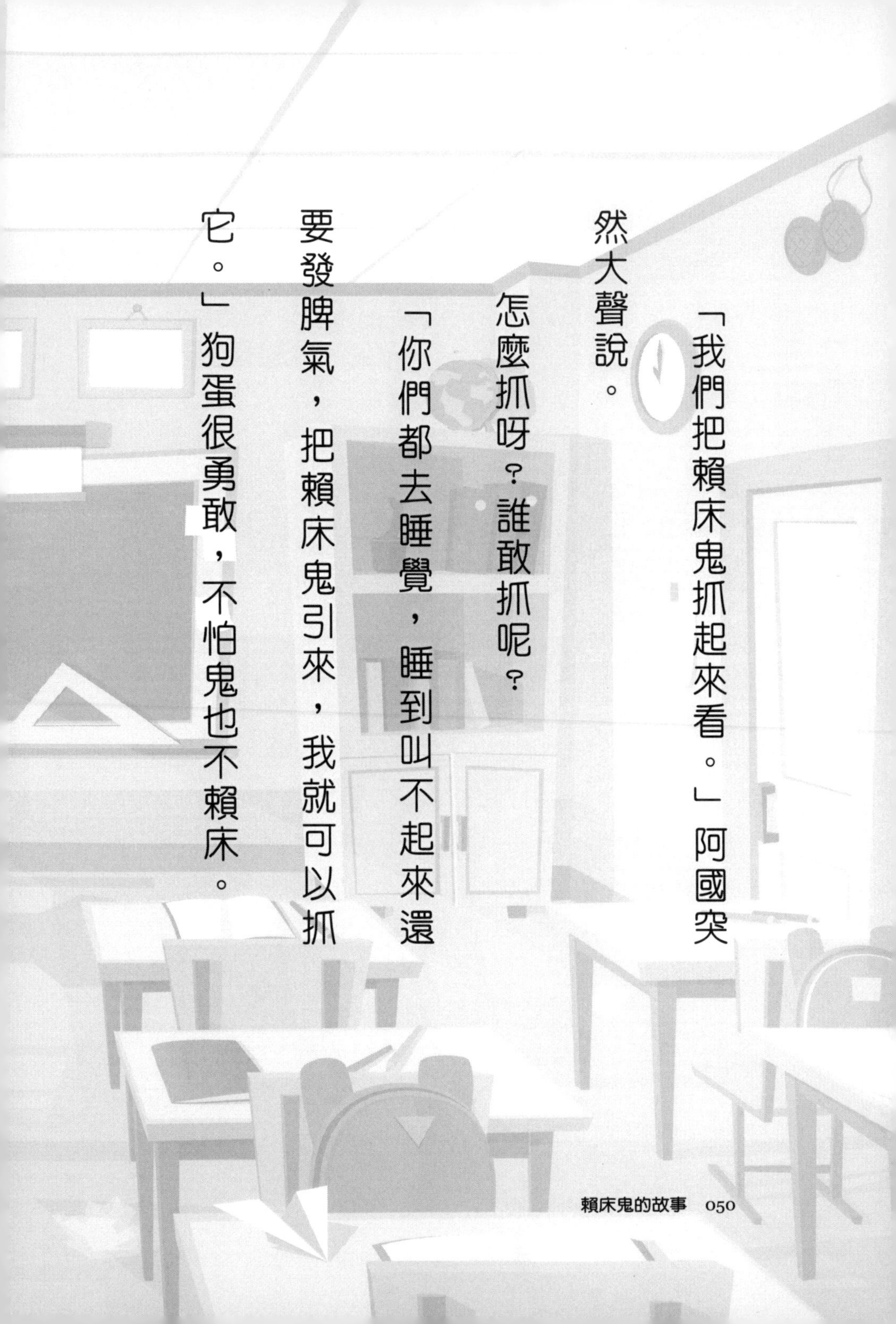

「我們把賴床鬼抓起來看。」阿國突然大聲說。

怎麼抓呀？誰敢抓呢？

「你們都去睡覺，睡到叫不起來還要發脾氣，把賴床鬼引來，我就可以抓它。」狗蛋很勇敢，不怕鬼也不賴床。

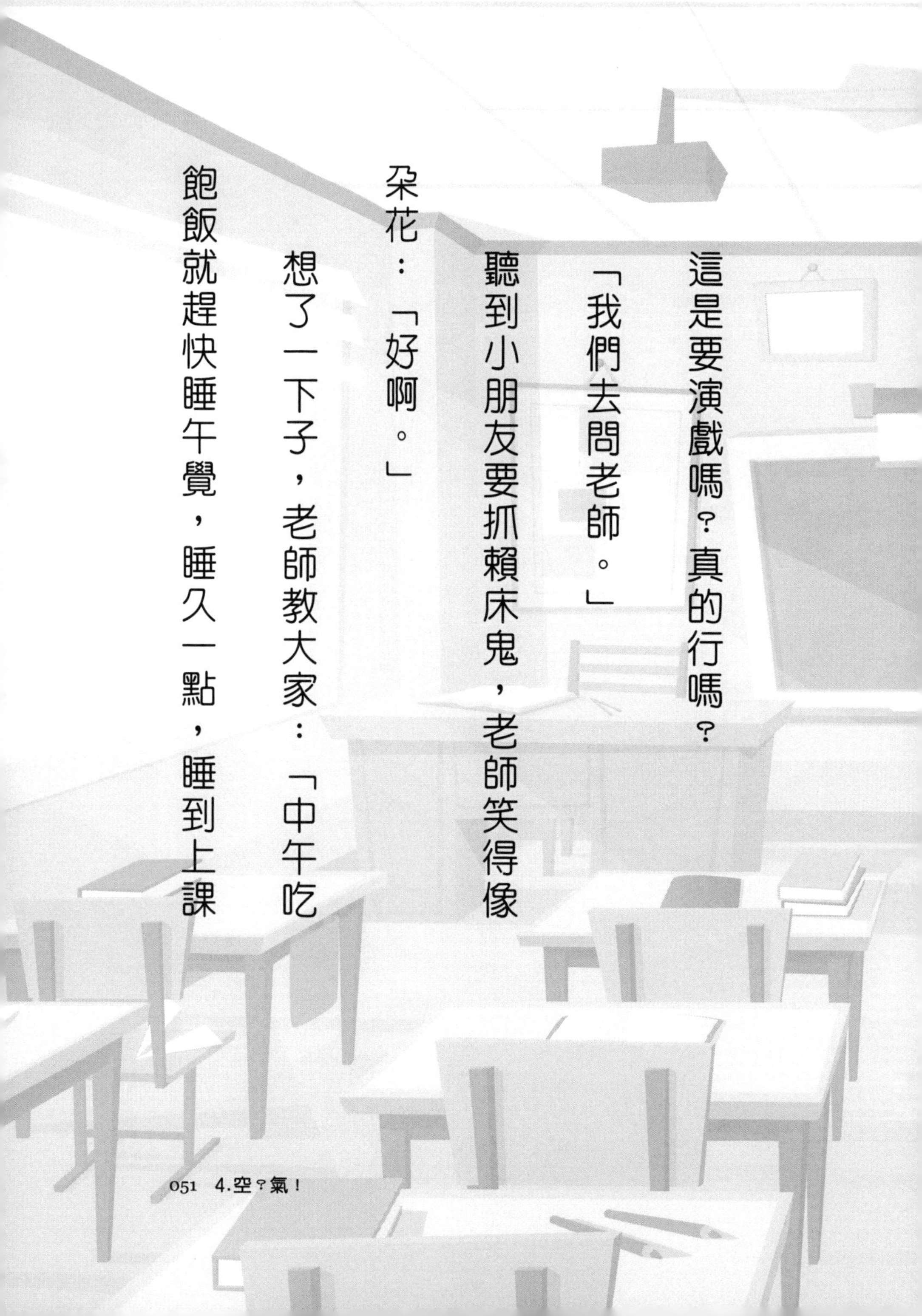

這是要演戲嗎？真的行嗎？

「我們去問老師。」

聽到小朋友要抓賴床鬼，老師笑得像朵花：「好啊。」

想了一下子，老師教大家：「中午吃飽飯就趕快睡午覺，睡久一點，睡到上課

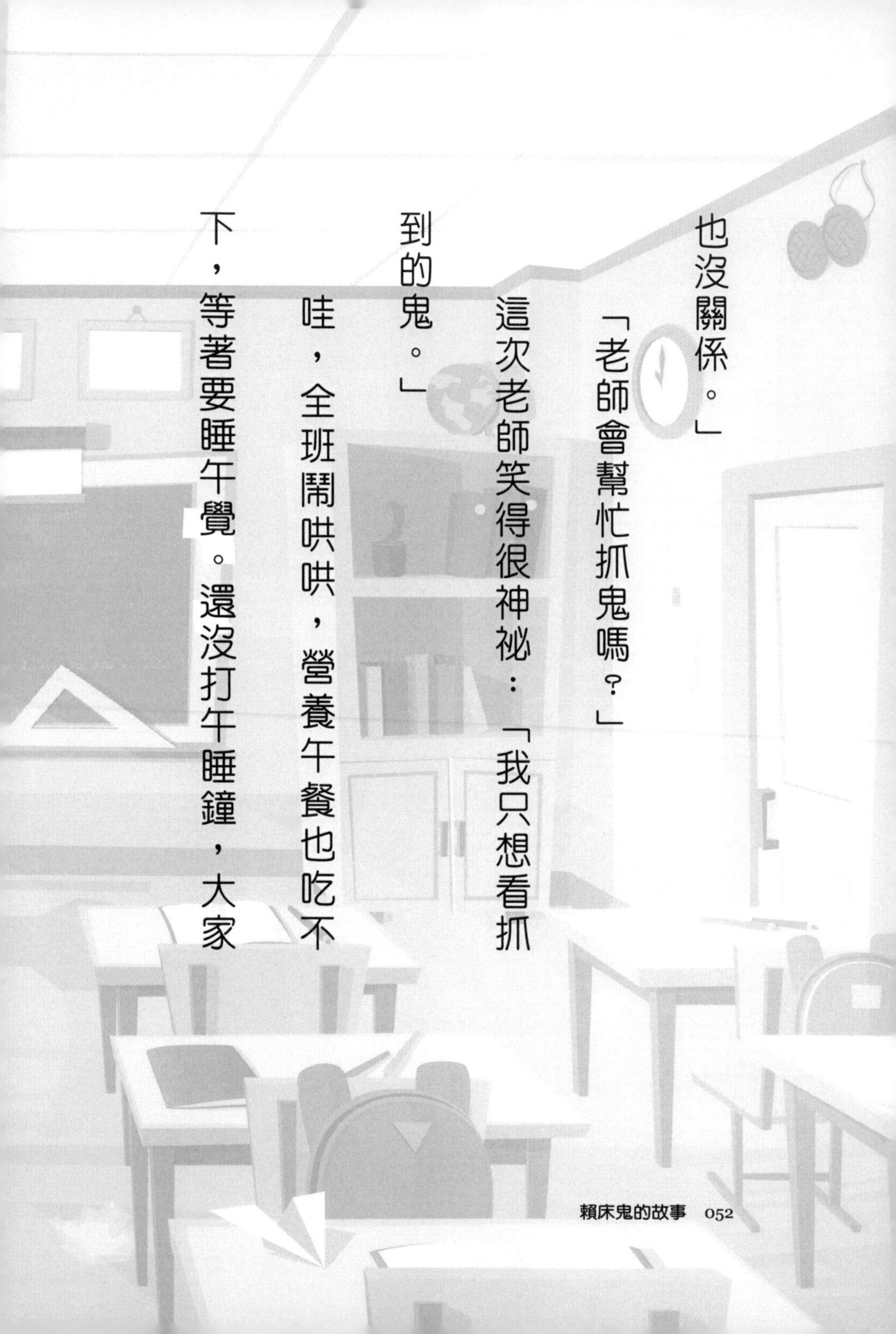

也沒關係。」

「老師會幫忙抓鬼嗎？」

這次老師笑得很神祕：「我只想看抓到的鬼。」

哇，全班鬧哄哄，營養午餐也吃不下，等著要睡午覺。還沒打午睡鐘，大家就併起桌子、椅子，男生睡桌上，女生睡椅子上，躺好、蓋好外套，等著賴床鬼來抓人。

可是，誰睡得著呢？這邊一直吃吃偷笑、那邊轉頭翻身、又另一邊不停問：「來了嗎？」「來了沒？」

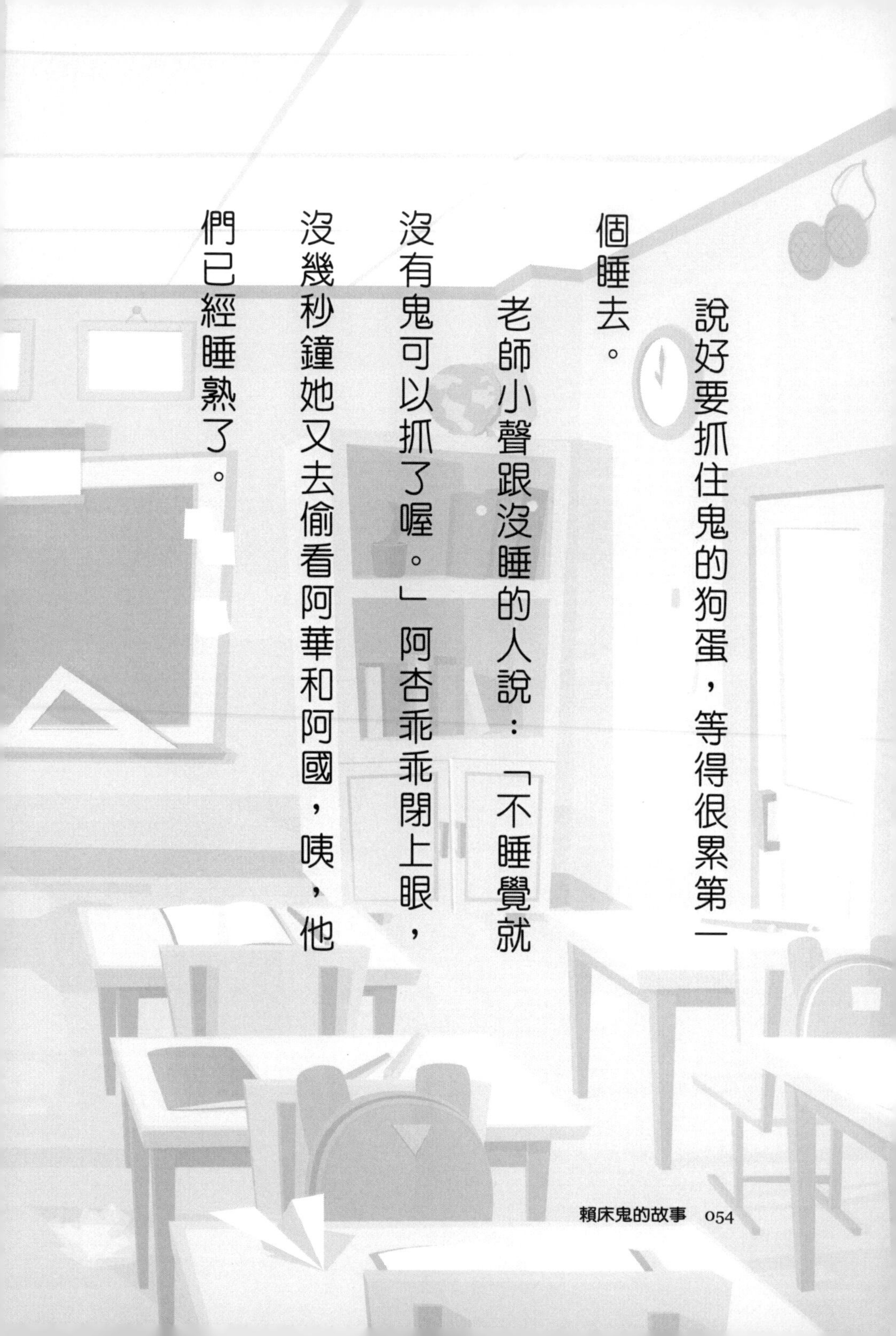

說好要抓住鬼的狗蛋，等得很累第一個睡去。

老師小聲跟沒睡的人說：「不睡覺就沒有鬼可以抓了喔。」阿杏乖乖閉上眼，沒幾秒鐘她又去偷看阿華和阿國，咦，他們已經睡熟了。

「賴床鬼會去找他們……」阿杏想著書上寫的和她聽到的，賴床鬼嘻嘻聲像什麼呢？吸果汁？吸口水？吸鼻涕？

越想越噁心，阿杏拉高外套蓋住頭，胳臂環住臉和耳朵，「去找別人，去找……」

「起來起來，抓到了，抓到了！」叫鬧聲吵醒阿杏，感覺有誰拉她外套，阿杏嚇得坐起身，看清楚是阿華。

「你看，抓到了！」

什麼？

大家圍著狗蛋，吵著要看他手上一包

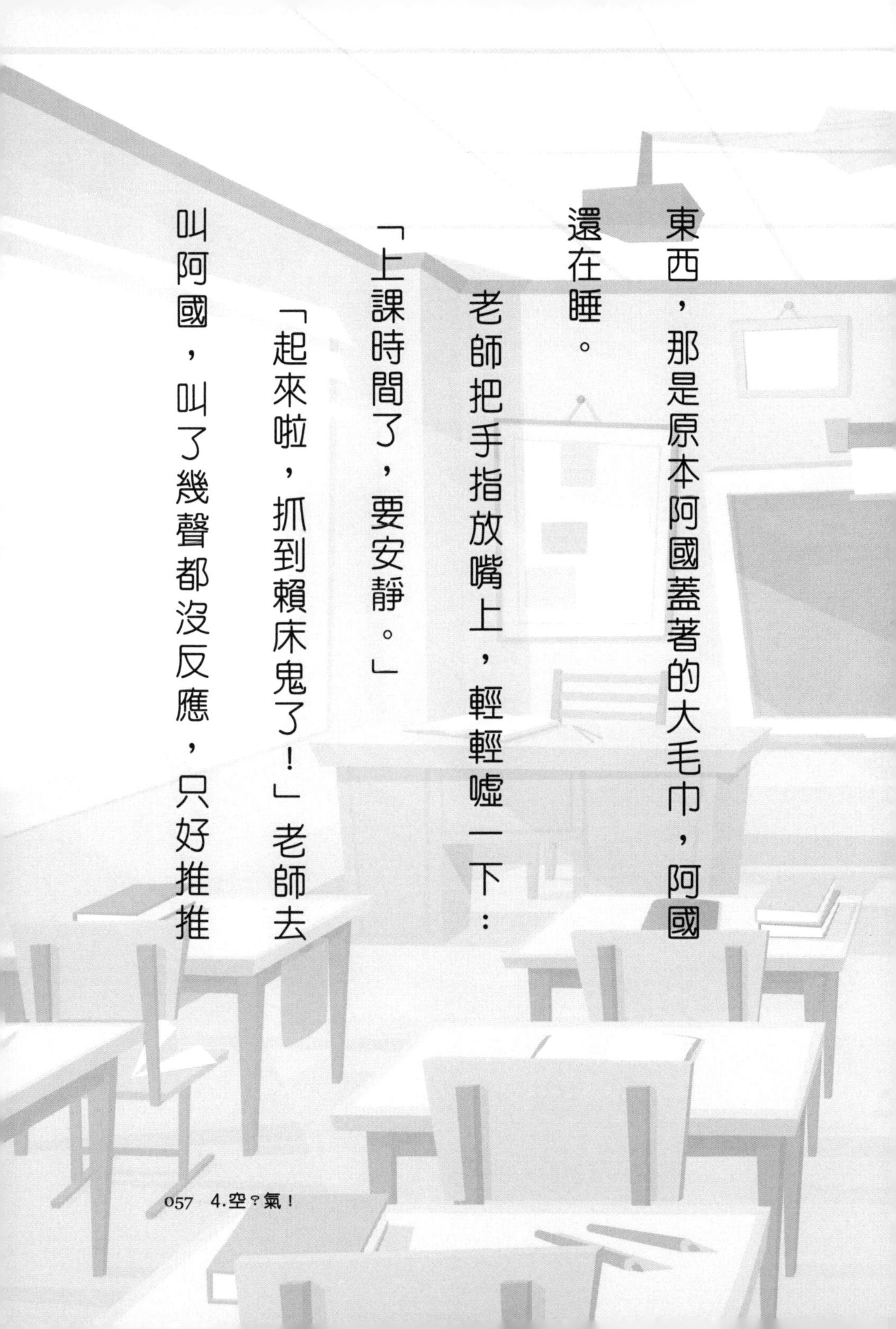

東西，那是原本阿國蓋著的大毛巾，阿國還在睡。

老師把手指放嘴上，輕輕噓一下：

「上課時間了，要安靜。」

「起來啦，抓到賴床鬼了！」老師去叫阿國，叫了幾聲都沒反應，只好推推阿國。

狗蛋緊緊抱住大毛巾，有人伸手去摸：「好像有東西。」「鬼在裡面。」

真的嗎？

狗蛋臉白白的，手在發抖：「老師，快點，這很重欸。」

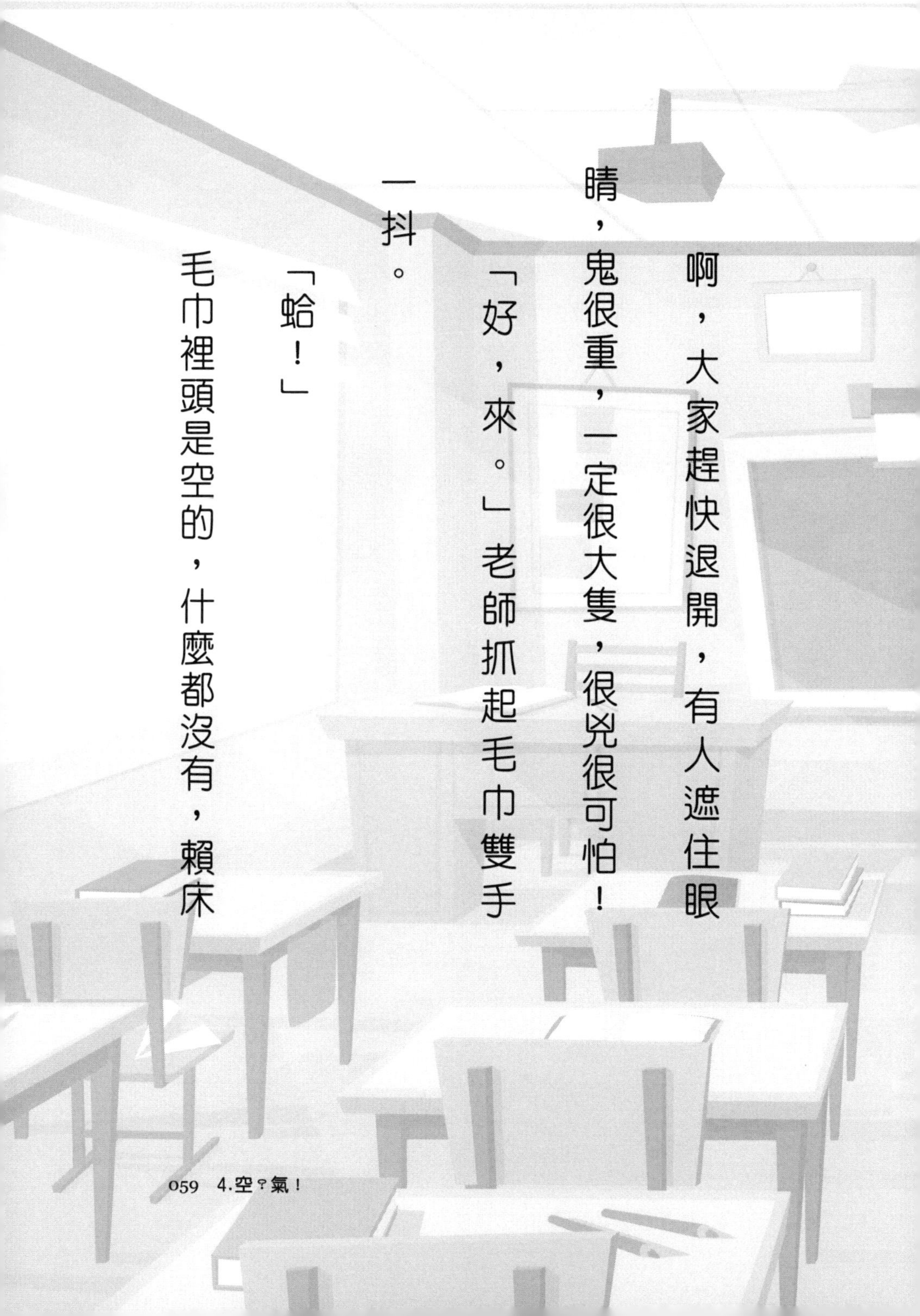

啊，大家趕快退開，有人遮住眼睛，鬼很重，一定很大隻，很兇很可怕！

「好，來。」老師抓起毛巾雙手一抖。

「蛤！」

毛巾裡頭是空的，什麼都沒有，賴床

鬼呢？

狗蛋伸長手四處抓，只抓到空氣，他抓起毛巾檢查：「咳，好臭！」

阿杏也聞到一種臭味。

不知道誰先說出來：「抓到一隻空空的臭氣鬼。」

全班都哈哈笑，阿國被吵醒了，坐起身臭臉瞪大家：「不准笑……」

# 5. 還好還好

下課時間，走廊圍一堆人，大家都來問狗蛋：「你是怎麼抓到的？」「你怎麼知道賴床鬼躲在那裡？」

很奇怪，平常活蹦亂跳的狗蛋，呆呆看著阿國那條大毛巾，說話卡卡打結：

「打上課鐘，我就去叫他，毛巾就動來扭

去，我就抓下去，裡面就鼓鼓的，我就大聲『唉』。」

「噢，就來就去就死了啦，你怎麼一直『就』？」阿莉跺一下腳。

「你亂講，又沒有鬼，毛巾好好的。」阿國的氣還沒消，他剛才被吵醒又被笑，心情到現在仍舊不美麗。

「都沒有別人看到嗎？」阿杏問阿華，阿華又去問陳寶。

「我只看到狗蛋抓著毛巾唉唉叫，很多人都在那時候醒的。」陳寶說完問狗蛋：「那個鬼咬你嗎？你為什麼唉唉叫？」

狗蛋還是呆呆沒勁的樣子：「不知道，就被電了，手就被抓住，我只是抓毛巾，就沒想到裡面有……有……」

狗蛋打一個冷顫，「有」不下去了。

「可是毛巾裡什麼都沒呀。」「到底

有什麼？」聽的人亂插話。

阿國「唬」地跳起來：「吼，有口水啦，我睡覺蓋著它，口水流在上面，誰去摸了誰就沾到我的口水，齁！」

難怪會臭，阿杏明明記得，賴床鬼的嘻嘻聲是沒味道的呀。

「你好髒，都不洗毛巾。」同學捏著鼻子誇張嫌臭。

阿國眼珠子一轉，笑哈哈：「不洗，不洗，不洗才抓得到賴床鬼。」

喔，他不生氣了，開心調皮的樣子讓大家也輕鬆嬉鬧起來。

狗蛋直到這時才有精神，大聲問阿國：「我叫你的時候，你在跟我玩嗎？躲在毛巾裡動個不停，我還以為你醒了。」

「才沒，我正好夢見搶到一根烤雞腿串香腸，好好吃喔，剛吃兩三口就被吵醒，到嘴的美味飛了，你們還哈哈哈哈一直笑我，哼，討厭加三級。」

「蛤，你把我的手當作雞腿香腸？」

狗蛋叫起來，樣子像發怒的噴火龍，卻又笑出聲，藏不住想笑。

原來，毛巾會臭是因為阿國流口水，手會痛是被阿國抓去咬。狗蛋心裡唱

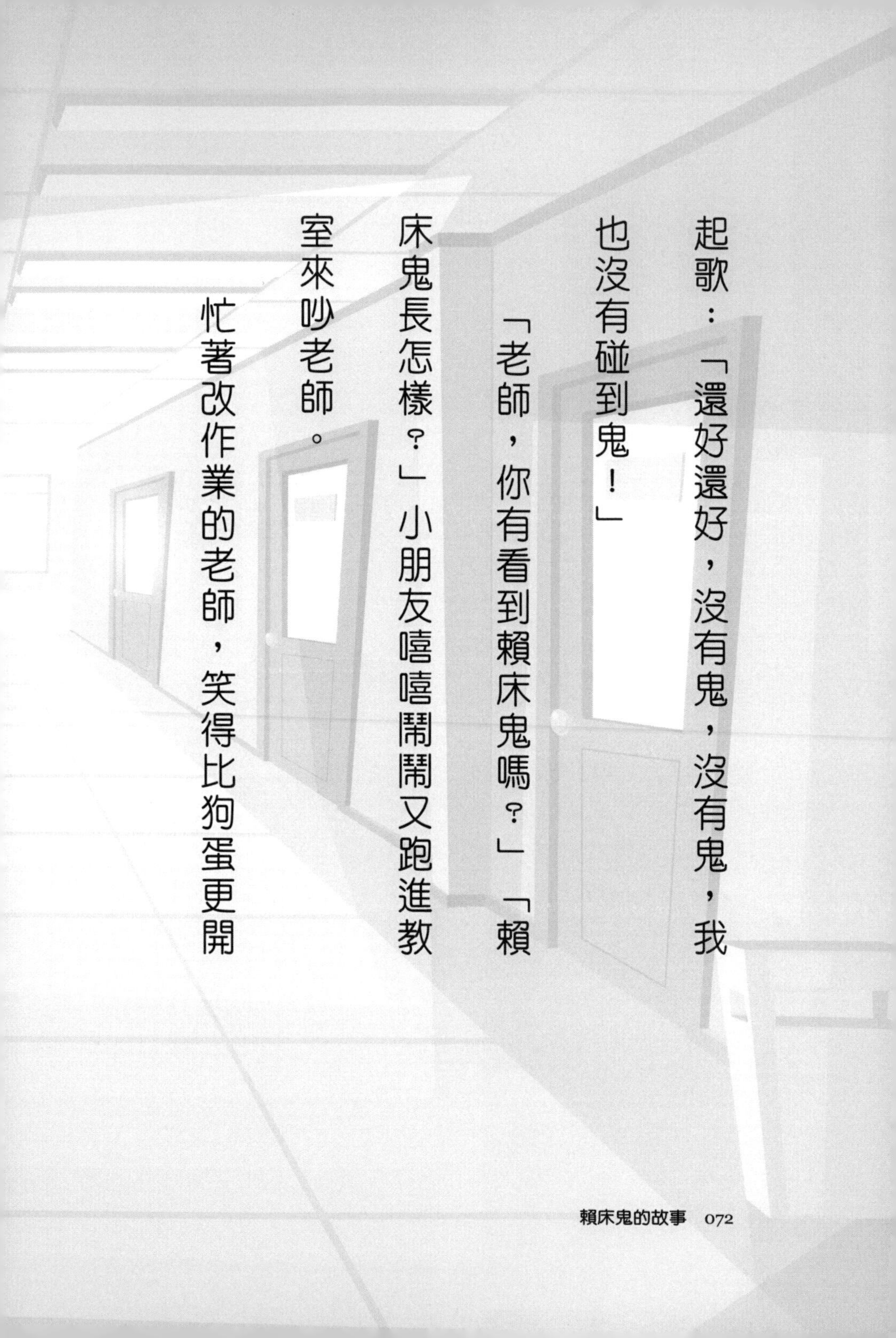

起歌：「還好還好，沒有鬼，沒有鬼，我也沒有碰到鬼！」

「老師，你有看到賴床鬼嗎？」「賴床鬼長怎樣？」小朋友嘻嘻鬧鬧又跑進教室來吵老師。

忙著改作業的老師，笑得比狗蛋更開

心，指指阿國、指指阿華，看一眼阿莉，又來看阿杏，阿杏嚇一跳，臉紅了。老師把每個人都指過看過，最後哈哈大笑拍拍自己腦袋：「我小時候就是賴床鬼，你們忘了嗎？」

這班小朋友活潑快樂，賴床有什麼關

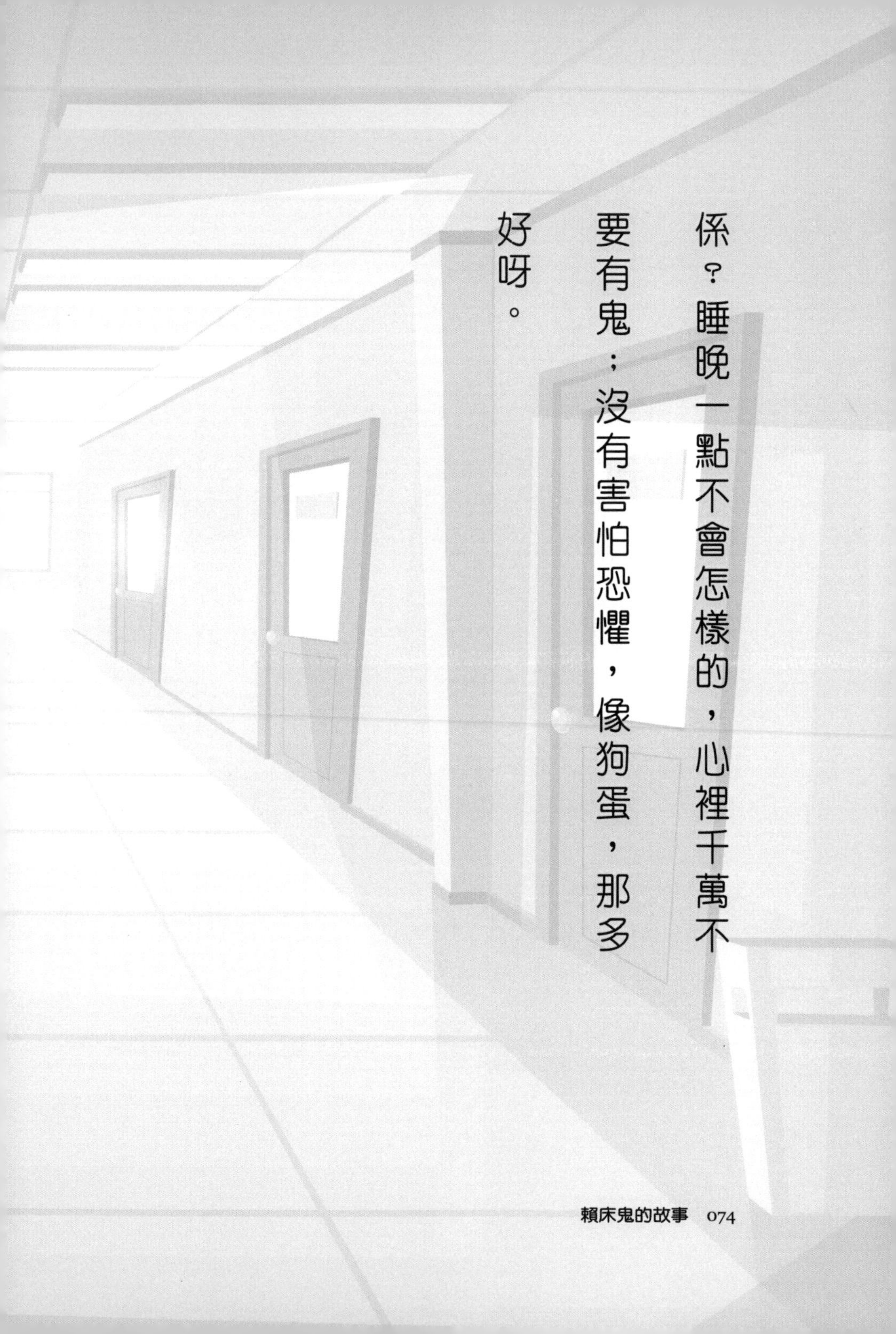

係？睡晚一點不會怎樣的，心裡千萬不要有鬼；沒有害怕恐懼，像狗蛋，那多好呀。

## 5.還好還好

## 圖片來源

P07底圖取材自：Freepik.com

P21、P49底圖取材自：Freepik.com

P33底圖取材自：Freepik.com

P65底圖取材自：Freepik.com

兒童文學55　PG2543

# 賴床鬼的故事

**作者**／林加春
**責任編輯**／姚芳慈
**圖文排版**／周妤靜
**封面設計**／蔡瑋筠
**出版策劃**／秀威少年
**製作發行**／秀威資訊科技股份有限公司
114 台北市內湖區瑞光路76巷65號1樓
電話：+886-2-2796-3638
傳真：+886-2-2796-1377
服務信箱：service@showwe.com.tw
http://www.showwe.com.tw

**郵政劃撥**／19563868
戶名：秀威資訊科技股份有限公司
**展售門市**／國家書店【松江門市】
104 台北市中山區松江路209號1樓
電話：+886-2-2518-0207
傳真：+886-2-2518-0778

**網路訂購**／秀威網路書店：https://store.showwe.tw
國家網路書店：https://www.govbooks.com.tw
**法律顧問**／毛國樑　律師

**總經銷**／聯寶國際文化事業有限公司
221新北市汐止區康寧街169巷27號8樓
電話：+886-2-2695-4083
傳真：+886-2-2695-4087

**出版日期**／2021年3月　BOD一版　**定價**／200元
ISBN／978-986-99614-3-1

秀威少年
SHOWWE YOUNG

國家圖書館出版品預行編目

賴床鬼的故事 / 林加春著. -- 一版. -- 臺北市 :
秀威少年, 2021.03
面；　公分. -- (兒童文學 ; 55)
BOD版
ISBN 978-986-99614-3-1(平裝)

863.596　　110001032

# 讀者回函卡

感謝您購買本書，為提升服務品質，請填妥以下資料，將讀者回函卡直接寄回或傳真本公司，收到您的寶貴意見後，我們會收藏記錄及檢討，謝謝！

如您需要了解本公司最新出版書目、購書優惠或企劃活動，歡迎您上網查詢或下載相關資料：http:// www.showwe.com.tw

您購買的書名：________________________________

出生日期：__________年__________月__________日

學歷：□高中（含）以下　□大專　□研究所（含）以上

職業：□製造業　□金融業　□資訊業　□軍警　□傳播業　□自由業

□服務業　□公務員　□教職　□學生　□家管　□其它_____

購書地點：□網路書店　□實體書店　□書展　□郵購　□贈閱　□其他

您從何得知本書的消息？

□網路書店　□實體書店　□網路搜尋　□電子報　□書訊　□雜誌

□傳播媒體　□親友推薦　□網站推薦　□部落格　□其他__________

您對本書的評價：（請填代號　1.非常滿意　2.滿意　3.尚可　4.再改進）

封面設計____　版面編排____　內容____　文／譯筆____　價格____

讀完書後您覺得：

□很有收穫　□有收穫　□收穫不多　□沒收穫

對我們的建議：________________________________

________________________________________

________________________________________

________________________________________

請貼
郵票

11466
台北市內湖區瑞光路 76 巷 65 號 1 樓
**秀威資訊科技股份有限公司** 收
BOD 數位出版事業部

............................................................

（請沿線對折寄回，謝謝！）

姓　　名：＿＿＿＿＿＿＿＿　年齡：＿＿＿＿　性別：□女　□男

郵遞區號：□□□□□

地　　址：＿＿＿＿＿＿＿＿＿＿＿＿＿＿＿＿

聯絡電話：(日)＿＿＿＿＿＿＿＿　(夜)＿＿＿＿＿＿＿＿

E-mail：＿＿＿＿＿＿＿＿＿＿＿＿＿＿＿＿